流転…自然に帰れ

池田 忠義

文芸社

目次

I　悲愴　11

闇の音　12
天塩川　14
職員室　16
雉《きじ》の舞　22
アナクロニズム　24
人生、逆転の構図1　30
人生、逆転の構図2　33

弟へ　38
消去　45

Ⅱ

虚像 —— 51
永遠の旅立ちに　52
知里幸恵　生誕祭によせて　56
コロポックル　62
北京オリンピックによせて　65
友達の死　72
DAYDREAM　75

Ⅲ　感傷　77

山々に向かって　78
伊藤和也さん追悼　83
老い　87
雨音　90
アケビコノハ　94
家　97

Ⅳ　釣魚紀行　101

サケ　102
ヤマベ　108

ニジマス　115
イワナ　121
アメマス　124
カレイ　127
カジカ・ドジョウ　130

V

春光台にて――133
ブドウ　134
冬囲い　139
公園　143
爆音　150

追跡　152
雪が積もる前に　155
ウッドデッキ　159

Ⅵ
軌跡――163
睡魔　164
買い物　168
就職難　171
紋別港　176
サハリン（樺太）紀行　180
転落　185

パチンコ 189
フィットネス 191
HONESTY 193
沖縄 194
大雪山 198
渓流 203
あとがき 207

流転…自然に帰れ

この詩集を
今は亡き弟、信義（書道・美術評論家　司　雅泉）に捧ぐ

Ⅰ 悲愴

闇の音

教員住宅の冬
窓に雪よけの木材を立てかける
かすかに日の光は当たるが、
ほとんど光は入らず、薄暗い
地域と家族と隔離された単身赴任の家
訪れる人は郵便配達人のみ
やたらと誰とでも親しくはできない
外は激しい吹雪

ナナカマドの木は梢を鳴らす
ついでに物置と車庫は音痴の伴走を繰り返す
ああ、ため息が雪に舞う
かすかな雨音
積もり過ぎた屋根の雪
天井よりアメーバーとなって現れる雨滴
どうにかせねばと
ひとり闇の音を聞き分ける日々

天塩川

荒々しくも穏やかな流れ
上流の街、士別市はその恵みを受け
昔よりつながりを持つ
春は緑に萌え
夏は生き物が激しく乱舞していた
自然は生きていた
秋は落ちついた水脈の中で
サケ、マスが、メスを求めて荒々しく闘う

冬はひっそりと熟成を待つ
営みは果てしない
日本海へそそぐ河口の街、天塩町
昔は河口より恵みを運び
恵みを持ち帰った
シジミたちよ覚えているかい
あのすばらしい交易のことを
何とかしてくれよ
シャモたちよ
自然を愛したアイヌは叫ぶ

職員室

雑然とした中から
形のないものが現れる
沈黙、呻き、叫び　キーボードの音
空気はよどんでいる
様々な気持ちが交叉する
嫉妬、焦り、欲望、妬み、いじめ
仕事の押し付け合い、自己弁護……
時には、希望、夢……励ましの言葉

深く蠢《うごめ》く心
深く軋《きし》む心

生徒と先生の会話

「先生、ほんとうに先生なの？」

「当たり前じゃないか、おまえたちを教えて給料をもらっているんだ」

「でも先生、先に生まれた人は全部先生ではないのですか」

「いや、それは違うよ、一応先生には教えるための免許というものがあるんだよ」

「ふーん」

「先生って、楽でいいよな」

「ええ？　大変なんだよ、おまえたちの親の代わりもしているんだよ」

「へーえ。そういえばそうだな。先生はたくさんの生徒を教えるから大変だよな」

「親ほど深くはつきあえないけどね」
「先生、携帯が鳴っているよ」
「あっそう、じゃまた後で……」
生徒は、何となく納得できず、職員室を去る
「うむ、その件は、学校へ電話をするなと言ったでしょ」
沈黙の独り言
「先生は自由でいいな」あの生徒は言ったな
「こんな宮仕えは、最近は、やりたくてやっているんじゃないよ」
「昔は、先生は聖職といわれ、誰からも一目置かれ、表向きは尊敬されていたなー」
「今は、市民、マスコミみんなが敵だよ」
「少しも気を抜けない」

「ひどい世の中になったもんだ」
「昔は優しい先生がいたな」
「何でも相談にのってくれたな」
「先生の言うことは何でも信じていたな」
「親も教師を尊敬していたな」
「今や、先生のあら探しばっかりだな」
「文部科学省だって、教育委員会だって先生を信じていないからね」
「もう、うんざりだな教員は」
「言うことを聞かない子どもを教育するには、昔のように権限と権威を保証しないとだめだな」
「不可能なら教育は、しばらく闇だ」

「退職が待ち遠しいな」

白昼夢

「生徒と一緒に青春した」

「楽しかったなー」

「田舎道を歩き、絵を描いた」

「山菜を採ってみんなで食べた」

「生徒と一緒に野菜を植え、収穫し、それを食べた」

「生徒と一緒にバレーボールやテニスボールを追いかけた」

「英語の授業で、外国人とつきあい、不思議な感覚を学んだ」

「何もかも新鮮で、生き生きと弾んでいた」

「教えることは楽しかった」

「親とも対等に酒を飲んで、語った」
今はまぼろし
影も軌跡もない
「自分の子どもでも、教師になりたいとは絶対言わない」
「教育の滅亡だ」
「一度空中分解し、原点に帰れ」
「一度空中分解し、原点に返《かえ》れ」
「一度空中分解し、原点に反《かえ》れ」
「一度空中分解し、原点に還《かえ》れ」

雉《きじ》の舞

大空を気にせずに、地上に愛着を持つ
飛び立つときも、着地するときも優雅だが、
地上で駈けたり、歩いたりするのが楽しみ
雉は暗い松の木陰が大好き
安全で、餌がある
雄の長い尾と、美しいビロードの首
そして豪華な羽
雌は小柄だが、茶褐色のスタイリスト

いつも雄の周りに集まってくる
いつも楽しく、じゃれ合っている
カラスが来ようと、鳶《とび》が来ようと
まったく我関せずだ
ドスのきいた声で
うなりをあげて追い散らす
「ここは俺の土地だ」

アナクロニズム

俺たちの仕事は
ぼろ雑巾だそうだ
使い終わったら捨てられる
作り笑いとジレンマ
上司に従うのみ
心を失くして
能面のように
黙々と

仕事の量を消化する
プリズナーだ
そこには
夢も希望もなく
まして創造もなく
おぼろげに
プリズンより月を見る
深い病を抱き
深い嘆きを閉じこめ
今にも
爆発しそうだ

忍耐と涙の日々
今まで
みんなが
通ってきた道だからだ
奴隷のように踏みつけられ
為すすべがない
何とかして
このプリズンより
合法的に、早く逃げるため
ほとんどの者は
ニセの信念を売る

気を遣え
気を遣え
気を遣え
気を遣え
気を遣え
と地獄の底まで追ってくる
時間の区切りがなく
恐ろしい形相で
威嚇《いかく》する
そして
その結果

無能力の上司となる
今までの借りを返すように
指導という名のもとに部下をいじめる
暗黙の了解
「～の独り言」
を脅迫的に押しつける
そこには、デモクラシーはなく
ビューロクラシーがある
弱い者のトラジディがある
服従がある
これが

二千年に亘ってきた
威嚇の精神構造だ
私は
いつの日か
ユートピアが現れるように
一つの煉瓦《れんが》に印《しるし》を刻もう

人生、逆転の構図1

これまでの半生は、負けいくさだ
これからの半生は、勝ちいくさだ
何度も何度も
目先の胸の高鳴りと、
小さな夢を見て、
「今度は、今度こそと」
パチンコに賭ける
財力は乏しく、限界にあえぐ

いつかは逆転を信じて
教育は混乱している
文科省、道教委は、手の打ちようがない
「やれやれ」と御用学者と共に騒ぐ
やってみたら、
「やりすぎだ」、「ああでもない、こうでもない」と翻す
教育の政治的自由はない
教育の一貫した筋もない
次々とやってくる
思いつきとツケヤキバ的改革
混乱の中で

私は沈黙する
あるものは上手に、あるものはひるんで
砂の橋を渡りかける
渡ってしまえば「こわく」ない

人生、逆転の構図2

十五のときからいくさが始まった
父も母も病気だった
赤貧だった
小さな弟や妹もいた
だからそこに這い上がる理想があった
精神的支柱に中学教師がいた
いつかは、まともな生活を
いつかは、見返してやりたい

印刷屋、お茶屋、パン屋、土工、配達、アルバイト
八年もかかった
月日は流れて
昼間は働いて、夜間は勉強した
そしてついに英語教師になった
生徒と共に二十年
バレーボール、テニス、バドミントン、スキー
本当の青春時代を過ごした
楽しかった
教頭になった
書類や雑務に追われ

本命を忘れ、自由を忘れ、自分を失った
休日もなく、いつも馬車馬のように働いた
どこでも「米つきバッタ」になった
顔は青白く、寿命は縮んだ
八年は永かった
校長になった
職員と再び青春を目指した！
上意下達に必死のため
「優しい心を失い、形式主義になった」
何でも部下に任せ
偉そうな人になった

やはり自由がない
ついに退職した
ゴルフに行く
パチンコに行く
釣りに行く
そして旅に出る
希望と自由
胸の高鳴りの
かすかな確率を求めて
宮仕えからの自由だ
経済からも教育からも自由だ

思想の自由はある
表現の自由はある
約束の年金は裏切られた
これが私の人生だったのだろうか
私は祈ろう
「逆転」こそが
生き甲斐であることを

弟へ

平成十八年十二月十一日、
突然、不思議の国の
遠い世界へ足を踏み入れた
受け入れることができない
三つ違いの弟として、
ライバルとして、
同じ世界にいたのに
私の顔をじっと見つめる

「分かるか?」という問いに
軽く頷く
右手を握ると
激しく握り返す
しかし言葉はない
時折大きな目を広げ
辺りを不思議そうに見渡す
その瞳に何が映っているのだろう
真《ま》っ新《さら》な空白があるのだろうか
再びかすかな寝息とともに眠りにつく

昭和三十七年、
突然十勝岳が爆発した
噴煙が一万メートルも上がり
富良野市麓郷《ろくごう》の街はざわついた
二人で柾《まさ》で葺《ふ》いた廃屋の屋根に上がり
噴煙を写生した
私は中学三年生だった

ある日
家にオスの子山羊がきた
山羊《やぎ》と兄弟姉妹は遊んだ

写真撮影もした
その山羊はどこかへ消えた
まもなく山羊の肉がきた
家族はうすうす知っていたが、
その肉を食べた
私も食べた
しかし弟は絶対に食べなかった

弟は五歳の頃、
脊髄カリエスになった
医師の誤診で、

整骨院や整形外科を盥回《たらい》しにされた
膝に鉄のボルトを打たれ、
ロープで牽引された
結核菌の治療はまったくしなかった
そのため、からだはズタズタにされ、
不自由なからだになり、
いつも苦悩が襲ってきた
二年間もの入院にまったく意味はなかった

副産物として
強い心と「大人の心」を身につけてきた

一年遅れの小学一年生になった
優秀だったので、私は負けそうだった
ライバルだった
いつも喧嘩は私が勝った

兄弟はいつも同じ布団で寝た
布団の数がなかったから
冬のあばら屋には、
風も雪も入ってきた
布団の襟はカサカサに凍った
麓郷《ろくごう》の冬は寒かった

野口英世やシュバイツァーの献身的な医者を
弟から学んだ
理想的な医者だった
恵まれない多くの人々を救った

弟は、東京の医者は信じなかった
金儲けのろくでなしと思っていた
漢方の薬のみを信じた
医者はこうあるべきだと
純粋に信じていた
遠い世界から何とか戻すすべはないだろうか

消去

激しく揺さぶる寝台の上の右手
何の意図があるのか
常人には分からない
私には分からない
何かを表現しようとしている
しかし誰にも伝わらない
遠い世界からのメッセージ
そんな大きなギロリとした目で

観ないでくれ
とまどうでないか
そんな悲しい目で観ないでくれ
そんな冷静な目で観ないでくれ
「志得ざれば再び此地を踏まず」
野口英世の言葉を、
そんなになっても
守らなくてもいいではないか
「強靱な心」を求めて、
信じて命を注いだ

東京は、
「生き馬の目を抜く」と彼は言った
どこにいても戦いだ
生きるか死ぬかの
時代のひずみに晒され
身も心も自ら削り続ける
父がそうであったように
酒に溺れる

両親がこの世に出してくれたことのみ感謝
私は常に

父と弟を反面教師として
心に誓ってきた
決して同じ過ちはしないと

普通の生き方の
難しさと素晴らしさを
他人の金を集めて
何十億ものオレオレ詐欺やインマイポケットするやつら
許せない
「徳」とは何か
「人格」とはなにか

人間のルールとは何か
価値観とはなにか
そして
教育とは何か
時代に消去された脳は
なにを思う

Ⅱ　虚像

永遠の旅立ちに

社会のルールや法律、常識、正義、
それにどんな約束を守っても
事故で命を落とすことがある
「死んでしまったらおしまいだ」
「運が悪かったのさ」
「残念でならない」
「仕方がない」と
ある人は言う

死んだ人は、
その刹那の瞬間《とき》
「しまった」と
頭を掠めたに違いない

身内の人や親しい人は、
悲しみにくれている
そして、それぞれのやり方で
供養をする
生前の故人を思い出し

いくつかのメッセージを引き出す
その言葉こそが
命がけで守ろうとする
かけがえのない唯一のメッセージとなる

人の創った「約束事」は不完全で、
守っても守らなくても生きていける
しかし「旅立ち」のメッセージは
守らなくては生きていけない

人に「こころ」がある限り

様々な弔い方がある
輪廻《りんね》の形や考え方は異なるが
やがて静かに収束する
ネアンデルタール人の弔いと
現生人類の弔いの違いはない

知里幸恵　生誕祭によせて

「其の昔此の廣い北海道は、私たちの先祖の自由の天地でありました。天真爛漫な稚児の様に、美しい大自然に抱擁されてのんびりと楽しく生活していた彼等は、真に自然の寵児、何と云ふ幸福な人だちであったでせう。……」

「……おゝ亡びゆくもの……」

「……残し伝えた多くの美しい言葉、それらのものもみんな……亡びゆく弱きものと共に消失せてしまふのでせうか。おゝそれはあまりにいたましい名残惜しい事で御座います……大正十一年三月一日」（『アイヌ神謡集』―序より）

幸恵は生まれて十九年三ヶ月間、
いや、モシリという天国に召され、
カムイチカップとなって、
併せて百年以上もの永い間、
訴え、悩み続けている

今年もやってきた六月八日
「銀の滴《しずく》降る日」
カムイノミは、
果たして彼女に届いてくれたであろうか
自然と一体になったウポポ※、

美しい音色の※トンコリ、
大地に広がる※ムックリの音色や
心をつないだ
「銀の滴、金の滴」の※ウコウックが

また、やっと、
その年の「洞爺湖サミット」にかこつけて
他のネイティブとの連携・情報交換、
先住民族としての権利を得たことを
喜んではくれたのであろうか
いやいや、それどころか

怒りがさらにこみ上げてきたのだろうか
自然保護は？
民族の財産は？
先住民族の権利は？
アイデンティティは？
差別は？
アイヌ民族の行く末は？
ほんのポーズなのか、
悲痛な彼女の叫びは
届いたのであろうか
※シサムも、

食料や原油の高騰、
便乗値上げや
地球温暖化で、
あたふたと見渡す人間世界は、
「亡びゆく弱きもの……」
なのだろうか

まあ、待て
「梟《ふくろう》の神（カムイチカップ）が自ら美しい声で」
謡《うた》っているではないか
「シロカニペ　ランラン　ピシュカン（銀の滴降る降る周りに）

コンカニペ　ランラン　ピシュカン（金の滴降る降る周りに）
昔の貧乏人が今お金持ちになっていて、
昔のお金持ちが今の貧乏人になっている様です
……………………」（『銀のしずく　知里幸恵遺稿』草風館）

全ては、流転、
全ては、自然に帰れ
とシサムも誓わなければならない

※ウポポ…伝承歌謡。　トンコリ…伝統的な弦楽器。　ムックリ…竹製の口琴。　ウコウック…輪唱のように拍子をずらして歌い継ぐこと。　シサム…アイヌ以外の民、信頼できる日本人を指す。

コロポックル

むかしむかしこの北海道に、
アイヌの人々が住む前から、
小さな種族が住んでいました
アイヌの人々と仲良く交易をしていました
しかしアイヌの人々は、
彼等の姿を見たことはなかった
アイヌの若者は、
彼等から贈り物をもらうときに

待ち伏せをして
無理に彼等の姿を見ようとした
彼等はその若者に激怒して、
北の果てに消え去りました
「手に入れ墨をした美しい小さな婦人だった」
という

彼等は透明人間になったが、
いつも蕗《ふき》の下で過ごし、
アイヌの盛衰ばかりでなく、
シサムのなりゆきも観察しているらしい

ホロホロ、コロポックル
ホロホロ、コロポックル
という響きが、
コオロギの透明な音色に混じって、
私たちの
鳩尾《みぞおち》に突き刺さる

北京オリンピックによせて

二〇〇八年の夏、
中国北京は燃えた
二百を超える国や地域が参加した開会式は、
今までの世界中のどの開会式より、
豪華だった
中国の最高の科学と百万人の人材を動員して、
莫大な経費と煩悩を費やした
こんなにも素晴らしい開会式があっただろうか

と思いきや
打ち上げ花火のほとんどがＣＧで創られ、
歌曲を歌った美しい少女の「声」は、
別の少女の声を流し、
虚像であったという
国の総力をかけても、
虚像だとばれたら意識が変わる
それでも「ショウ」だから
豪華であり、美しければ良いか
すっきりしないいし、疑問が残る
金メダルの数は、

ダントツの世界一だ
ここにも中国の威信をかけた全体主義が見える

オリンピック開催中
中国全土の六分の一といわれる新疆《しんきょう》ウイグル自治区や
独立を主張するチベットとの諍《いさか》いはどんどん広がっている
ロシアも諍いが絶えない
ロシアはグルジア・クリミアと
独立を主張する南オセチア自治州や
アブハジア自治共和国の
取り合いをしている

軍隊を出して、犠牲者がたくさん出た
メドベージェフやプーチン大統領は
言い訳を考えるのに寝ていられない
世界のマスコミや
西側の大統領たちも怒っているからだ

世界は自国の「金」のため、
もめ続ける
我が国も、
「北方領土」や「竹島」も
ロシア、中国や韓国に

黙っていたら取られてしまう
どの国も資源、土地、海を隙あらばと、窺っている
皆と「仲良く」したいが、
自分だけの「金」がほしい
皆エゴイストだ
最良の解決方法は、
皆「金」がほしいのだから、
主張する国々と交渉して、
値段をつけて「金」で買い取ればいいのだ

戦争になるより、はるかにましだろう

戦争をすると、
勝ち負けにかかわらず、
「金」も「財産」も「人間の尊厳」も、
際限もなく失われる
そして、「復讐と憎しみ」は永遠に増幅する

「わいわい騒いでいる」華やかなスポーツの祭典、
科学の実証や
世界記録の塗り替えよりも
もっともっと大切なことがあるはずだ
しかし、人間世界そのものが、

バーチャル・リアリティの中なのか？

友達の死

命ははかないものだ
弟はすでに逝ったが
友も彼岸へ旅立った
こんなにも若いのにと思う
こちらの世界では寿命だという
もう会話もできないし
遊ぶこともできない
脳幹出血や癌は憎たらしい

全世界で癌治療の研究をされても
未だ大きな光は見えない
数兆円の宇宙開発と癌の研究と
どちらが大切か
莫大な予算のバランスは
これでいいのか
あの日は楽しかった
釣り、山菜・キノコとり
ゴルフ、カラオケ
海辺で食べる焼き肉の味

十年来の大人の友
腹をわっての酒飲み
戻すすべはないが
しばらくは
思い出を瞑想しよう
やがては
彼岸で一緒になるのだから
それにしても
この世は不平等で
バランスが悪すぎる

DAYDREAM

I have a dream.
I hope that we all are happy, and to be richmen.
But, I cannot think that like the things.
What's the happiness for me ?
It's a problem how to think.
No, it may be a comparison problem that life is good or not.
There are a lot of things to feel about everything.
I have a little money.
But, a man has much money.
There are a lot of richmen and a lot of poor men.
Who is the happy man ?
Who is the unhappy man ?
Is a richman happiness ?
I don't know who a happy man or a unhappy man are.
What's the happiness for me ?
In the world, no war, no poor men, no dispute,
And to have friendship.
It's has had a dream from current to forever.

Ⅲ　感傷

山々に向かって

羊蹄山、富良野岳
「ふるさとの山に向ひて
言ふことなし
ふるさとの山は　ありがたきかな」
（石川啄木『一握の砂』より）
岩手山ではない
少年の頃
ずっと眺められ、眺めてきた

ふるさとの山々
時代は変わった
胸のどこかに聞こえてくる
熱いさざ波は、
都会の騒音にかき消され
気泡と化す
自分との「勝負」は
負けてはならないからだ
負けたら、「うたかた」となって
永遠に彷徨う
羊蹄山に「元気か」と叫び

富良野岳に向かって
自衛隊の演習の大砲と
私のゴルフボールを打ち込む
巨大な音響とセンチの物音
どっと押し寄せてくるさざ波は
形を変えて
タイフーンとなる
もうだめだ
逃げる道はない
命からがら
浮遊物にたどり着く

よく見ると
それはエチゼンクラゲだ
「やばい」
食べられる前に食べなければ
睡魔の陰から
美しい蝦夷富士を見る
母と堅雪《かた》の上を橇《そり》で燃料の枯れ枝を集めている
また
吹雪の富良野岳の麓で
父と柾《まさ》の材料であるトドマツの木を切る
真狩村も富良野も今は遠くない

距離も時間もたいしたものではない
心は遥かに遠ざかっている
暑い日の国道の
陽炎のように揺れ動き
「逃げ水現象」となり
歪曲した空気は、
跡形もない

伊藤和也さん追悼

彼は、アフガニスタンの食糧難を救うために
農業指導に行っていた
伊藤和也さんが拉致され凶弾に倒れた
反政府ゲリラは
「外国人は皆殺す」
自爆テロが多いこの国では
命が軽い
間違った「イスラム」の教えがあるからか

人の代わりがいくらでもいると思っている
命はいつも風前の灯だ
「恵まれない人々を救おう」
青年のたくましくも
純粋な美しい心やユートピアを
破壊した人々
自力で生きることもできないのに
ＮＧＯペシャワール会は
数々の国際貢献を命がけでしてきた
コスモポリタンと良心の固まりだ
彼の両親は彼のお骨に向かって嘆く

「息子は本望だったんだ」と
今度生まれてくるときは
天使になって現れるに違いない
それにしても
突然、政権を投げ出し
説明責任も果たせない
「ＦＵＫＵＤＡ首相」のざわめきで
彼の報道はかき消された
どんな宗教、どんな世界観であろうと
人の命を奪い、良心を踏みにじるものは
地獄に落ちるに違いない

「あ〜あ〜あ〜あ〜あ〜あ〜あ〜……ボトン・ボトン……」

アフガニスタンにて

（二〇〇八年没）

老い

知らず知らずに
それも深く深く、足音も立てずに
身体の隅々まで

やって来る

否、
身体だけではない
目に見えない　声や臭い

記憶や心にもやってくる
やっかいなものだ
これらがなければ
喜びや悲しみ、嫉妬や自惚れ
怒りや楽しみはやってこない
引き継ぎも交代もあり得ない
永遠性もない
今、立ち止まっている場合ではないか?
命枯れるまで突っ走るのも
ためらいがあるか?
ではどうすればいいのだ

何でも
「ほどほど」がいいのだ
何でも無理をして欲しがる
金、地位、色欲……権力
そして長生き
さらに死んでからのあり方にまでこだわる
もうこれぐらいにしようではないか
いくら希望が叶えられたって
地球の命に比べたら
透明なホコリのような存在なのだから

雨音

激しくも優しく、ぽつんぽつんと
五月雨も驟雨《しゅうう》も霧雨も時雨も氷雨も……
数え切れないほど雨音を聴いた
まるで人の世の様々な出来事のように降る
今日はどの雨とも違っている
もう雨音は聴き飽きたのか
今日の雨は微妙に異なっている
時雨だというのに、雨あしが長い

何を思い出すというのだ
後悔か反省かそれとも
幼き日の夢か
地球に異変が起こったというのか
地球温暖化の問題はさておき
政界では、できたてのＡＳＯ内閣が
ぐらぐらと揺れている
信頼などできるはずがない
常識のない「アホバカ」大臣ばかりを
任命しているからだ
それでも時雨は続き

人生は続いているのだ
まだ人生は始まったばかりなのだ
「本当の人生は今からなのだ」
と何度も自分に言い聞かせる
何の肩書きもなく、本音を語り、
好きなことができる
だが人間の常識は心得なければならない
有頂天になっていた時代は去り
庭のバラは時雨に当たり色褪せていく
それでもバラはバラだ
時は二〇〇八年九月

時雨が降ろうと
旅立ちの時だ
耳を澄まして
雨あしの違いを聴き取ろう

アケビコノハ

何だろうこの不思議な芋虫は
目が至るところにあり威嚇してくる
どちらが頭だか尾だか分からない
アゲハチョウの幼虫のようだ
大きくてグロテスクだ
気持ち悪～い
緑色、茶色、黒色のものもいる
ミツユビナマケモノのように

アケビの蔓にしがみつき
葉をもりもり食べ
大きい弾力性のあるウンコを
ぽろぽろと玄関の階段にまき散らす
毎日掃除を強いられる
蝶なのか蛾なのかの区別がつかない
つまりそれらの境目で
両方の機能を持つ
毎日お世話をして見慣れると
気持ち悪さより愛おしさが強くなる
秋になると

やがて美しいアゲハチョウかスズメガのように
玄関に舞う
「おまえは蝶かそれとも蛾か」
この世では「蝶」か「蛾」かの違いで
大きく差別され
天国かそれとも地獄を味わわせられる
「わたしにはまったく、
身に覚えのないことなのだ」

家

幸せな暮らし
人生を詰め込む
歴史、衣類、家具
本棚、アルバム
その陰にある
思いと空間
形あるものは
寿命があり

修復しても
朽ち果てる
子供は巣立ち
長い旅に出る
親は家にしがみつき
年老いていく
そこに残るもの
あの日のささやき
せつなのときめき
あの日のざわめき
思いが空間に漂う

垂れ下がる
蜘蛛のいと
糸を辿れば
からみつく
またひとつ
寂しい野で
家が消えた
雑草の中で
ルピナスが
主を捜して
咲き乱れる

Ⅳ　釣魚紀行

サケ

十数本も林立している中の一本の竿先が震えると
心臓の鼓動が一気に速まり
竿の先を見つめたまま
長靴を履いた足で砂浜を一気に走り寄る
「ついているのか、いないのか」
心臓の鼓動がさらに速まる
「まだ速いのか、ちょうどいいのか」
そのとき、一気に四、五メートルの竿が

しなるように引き込まれる
心はもうパニックだ
「ついた、ついた」
竿立てから素早く竿を取り
「あわてるな、あわてるな」
竿を後ろに力の限り激しく引く
と同時に
竿を前に倒して全速力でリールを巻く
竿を立てたまま、きついリールを更に巻き上げる
「キリキリ、キリキリ」力くらべだ
途中でリールがうなり声を上げる

「巻けない、巻けない、これは大きい」
息を殺して耐える
「遊ばせておくと、横走りする」
「横走りしたら、テグスは切られる」
「他の竿とも絡まる」
巻けないリールを押さえたまま
竿を立てて後ずさりする
「見えた、見えた」
水しぶきを上げて厳しく抵抗する
波間にジャンプをして死闘を繰り返す
私は手をゆるめない

「十分が過ぎた、少し弱ってきた」
どんどん巻きながら後ずさりする
波打ち際で最後の抵抗を試みる
リールを徹底して巻き上げる
竿の弾力を使って引き寄せる
テグスを握って砂浜に引きずり上げる
「もう大丈夫だ」
九十センチ、六キロはある
銀ピカのオスだ、値はある
額の汗をぬぐい、荒い息をしながら
「満足だ」

心の中で「ニタッ」と微笑む
プラスチック製のトンカチを持ってきて
頭をゴツンと「トンカチ」する
尾が小波のように痺れ、静かになる
手で魚体の砂を払い
まぶしい銀輪を優しく撫ぜる
「まだブナがかっていないな」
腰から短刀を取り出し
素早くササメを切り取る
真っ赤な鮮血が砂に吸収され私の顔にも飛びかかる
ササメや内臓を砂穴に埋めても

魚体から切り離されたテトラ型の心臓は
まだ激しく収縮を繰り返す
それを横目で見ながら
秋空と海との一体化した
知床半島のホライズンに向かって
再びその竿で遠投する

ヤマベ

不恰好な胴長靴を履いて
すり足で、姿勢を低くして
やっとこの沢の第一ポイントまで来た
覆いかぶさる木々をすり抜けて
このたまりの底は複雑で深い
向こう側は崖で、高さ十メートルはある
こちら側は胃袋のようにくねっている
私の位置は食道と胃の間のところだ

水量もある、居《い》れば魚影は濃い
一投を試みる
「ググッ」と引く、食いが早い
竿の先は水面に沈む
十匹ばかり小型、中型、大型が釣れた
出だしがいい
体側にパーマークがくっきりと浮かぶ
美しい幅広ヤマベが混じる
どんどん山奥の上流を目指す
ふと我に返る
「熊の足音」が聞こえる

石を転がす音がする
大きなカーブのたまりの横に
鉄の檻の熊の仕掛けわながあった
やばい　集中できない
渓流のざわめき、鳥のさえずり
後ろから何かがついてくる
T字沢にさしかかる
大きな輪で何箇所も足長の草が寝ている
異様な臭いが鼻を突く
ここは熊のテリトリーだ
さきほど私の後ろを黒い影がよぎった

木々のトンネルがあった
※「パチンコ」でその下の瀬を狙う
大物が飛びついてきた
三十一センチだ、尺ヤマベだ
枝に引っ掛けないように右往左往する
ランディング成功
嬉しい
集中力が切れた
心細い
行こうか戻ろうか
迷いがよぎる

最悪の場合、私の腰には鉈がある
熊が襲ってきたら毅然として闘おうか
左手を熊に食わせて
弱いという鼻先を右手で叩き切る
イメージはできた
そのとき
段差のある穏やかな上流の瀬で
ジャバ、ジャバと何かの音がした
心臓が止まりそうだった
振り返って目をやると
八十センチもある魚だ

興奮して、釣り竿を捨て置き
その魚を抱きかかえた
私の胸をするりと抜けて浅瀬に落ちた
再度トライする
尾で私の頬を殴り、姿を消した
再び背後に異様な気配を感じた
今度こそ覚悟をしなければならない
しかし
鎌を持ったフキ取りの人夫だった
挨拶もしないでそそくさと藪の中に去った
びくびくしていたら、渓流釣りはできない

私が食物連鎖の頂点だ
この日の釣果は、三百匹を超えた
※「パチンコ」　竿の弾力を利用してエサを目標の水面に落とす技術

ニジマス

北見市へ流れる大きな無加川だ、流れも速い
滑って転んで「こじくれて」はいけない
そろそろ足腰が弱っているのだ
それでも「川」は呼んでいる
入川《にゅうせん》してしばらく経った
小物や中型は何十匹か釣れていた
やっとあの釣り場にやってきた
何年も前から大物を何匹も釣っていたところだ

ここは淋しくて一人では来られない
あれから二年が経った
かなり大きくて深いたまりだ
いくつもの思い出が重なる
低い姿勢でたまりの上流から餌を流す
二、三回流して小物を釣った後で
ピクピクとにぶい引きがあった
テグスはしゃくると竿先から全て切れた
ボサに引っかかった様子だった
しばらく粘って中型の二、三のニジマスを釣る
もう引きはこないので上流に移動する

深みのある流れの速い瀬で
連れの友人は四十五センチの獲物を上げて興奮していた
ランディングしてから二号のテグスが切れたそうだ
私が釣ろうと思っていた大物だ
ショックがぬぐえなかった
彼は私に大きなたまりの釣り場を譲って
上流に行ったのがよかったのだ
帰り際に先ほどのたまりの近くで
ひやかしに竿を振ってみた
川の中央でテグスの動きが止まった
引き上げてみてもわずかしか動かなかった

オヤと思って川の中央を見た
背筋に寒気が走った
ニジマスの魚体ではない
これは何だ、あの大きなヒレは何だ
この青黒い大きな魚は何だ
一瞬、マダガスカル島付近やインド洋の
シーラカンスの魚体が頭をよぎった
化け物だ！
そんなはずがない
サケもここまで上って来るはずもない
正体を確かめたかった

ドナルドソンか?
じっと見つめて、引き上げようとした
一・五号のスーパーテグスと
二本つけた十二号のニジマス針でも
その巨大魚はビクともせず
首をチョット横に振っただけで
竿の先から全てむしりとって
悠々と下流へと消え去っていった
あっぱれの感をぬぐえなかった
大きな魚が条件の良い大きなたまりを奪い栖《すみか》とし
より小さい魚は追い出され別な栖を探す

魚の世界も弱肉強食の掟を繰り返すか
サケ釣りの仕掛けで再びチャレンジしたが
音沙汰はまったくなかった
川の主のように首を横に振ったときの
銀色に輝いた精悍な横顔が忘れられない

イワナ

頑丈な鎖のゲートを開け
狭いクリークの奥へと進む
もちろん人家も人影もない
ここは立ち入り禁止地域だ
すでにイワナは幻の魚となりつつある
レイクトラウトもブラックバスもスチールヘッドも
ギルもカワマスも雷魚も、もういらない
在来魚は外来魚に駆逐されたのだ

否、環境破壊によるものだ
イワナは希少価値を持つ美しい
橙色の斑点や白い斑点を持っている
オショロコマともアメマスの陸封型とも言われる
すでに人里近くに棲んではいない
ザリガニの世界もタンポポの世界も
スズメの世界もアライグマの世界も
大陸からやってきた荒々しくも逞しい
生殖能力に種を明け渡している
小さな島国の宿命か
同じ島国のイギリスでは※チャーや※レディ・バーデンは

早くから保護されている
渓流に美しい魚がいなくなったら
私たちも生き残れない運命なのだ
釣りの手を休めその美しさにウットリと見とれよう
本当はそんな気休めの場合ではないのだ
緊急を要することなのだ
外来魚も帰化植物・動物も駆逐せよ
環境破壊をくい止めよ
この百五十年の反省をこめて

※チャー…北極イワナ。　レディ・バーデン…オショロコマの一種でドリーバーデンとも言う。

アメマス

貧しかった
赤貧だった
アメマス釣りは楽しかった
富良野市麓郷の家の裏の川にいつも居た
夕食のおかずだった
おかずは私の腕にかかっていた
光が当たるとアメマスの薄紫色の背中にある白い点々は輝いていた
そっと裏のダムの頭首工の陰から見つめるのが好きだった

いるいる　尺物だな
心が高ぶった
釣り名人は「ドジョウ引き」で釣っていた
私は、まねできなかった
生き餌のフキバッタや黄色いヤマグモを探した
ミミズも探した
釣り竿は竹の一本竿だった
つなぎ竿を買ってもらって嬉しかった
夕暮れ時、水面に羽虫をねらって跳ねていた
心が躍った
釣りたい、あれを釣りたい

ある日、バッタを飲み込むのを確認してしゃくった
ホッケのように重量感があった
「大きいねぇ」母が言った
鼻が高かった
洗濯盥の端から端まであった
手で触りながら、いつまでも見つめていた
翌日、盥《たらい》から飛び出てUの字になって死んでいた
楽しい笑顔の夕食になった

カレイ

朝靄の中に水平線が浮かぶ
目をこすりながら今日の釣果を期待する
海の果てまでと遠投する
大海の縁のささやかな泡だ
このゴミみたいな小さな餌を見つけてくれるだろうか
イソメもエラコもイワムシもホタテの耳も
見分けはつくのだろうか
下界の煩雑さを逃れて瞑想する

竿に微かな震え
クックッ、チクチク
何かな、少し待つ
二メートルもある防波堤の上に
突き出ている竿の先を見つめる
カレイだ、小物だ、クロガシラだ
しゃくりながらリールを巻く
カレイは体の全ての面積を広げ、ひねり
必死に抵抗を繰り返す
竿は激しく強弱を波打ち、リールは軋む
心はもうランディングと喜び始めている

しかし、急に軽くなり、竿の震えは去った
はずした、やられた、ガックリ…………
釣り鉤にイソメはなかった
世の中そんなうまくはいかないさ、と心の中でつぶやく
昨日、期待していたプロ野球のファイターズだって敗れた
この広いどこまでも続く海があれば
釣り糸と私とは、地球の果てまでもつながっている
ちょっとの失敗なんて、何のことはない
もう一度やり直せばいいことだ

カジカ・ドジョウ

白く透き通るようなパンツ一枚の姿で川を歩く
深みで泳いで、潜ってみる
時々目を開けてみる
川底の不思議な世界
魚になったみたいだ
トンボ取り網で魚を探す
腰を下ろして石をはぐる
ザリガニがいた

ヤゴや川虫がいた
古ぼけた橋の下にきた
何かがぶら下がっていた
いたずらして突っついてみた
キキキッ　キキキッ　キキキッ
金属音の電波が空気を突き破った
鋭い歯を持った獣のような黒い鳥が
重量感のある羽音で林の中に飛び去った
「狐につつまれたような」驚きが走った
濡れたパンツはずり落ち、振りチンになった
いかん、いかん、これはいかんと思いながら

友達と振りチンで深みに潜っていく
素手でカジカを捕まえる
数珠繋ぎのミミズでカジカを呼びつける
ドジョウもつられてやってきた
何匹かを網でゲットした
友達と石で炉を造り、焼いて食べた
調味料はなかった
この川はヌノッペ川※だ
少年の日々……

※ヌノッペ川…富良野市麓郷と布礼別の境目にある川。

V　春光台にて

ブドウ

今年はたわわに実った
気温と適度な雨のおかげだ
もちろん太陽も肥沃な土も影響した
条件が揃えば果実は豊作だ
隣にある幼いスモモの木も実をつけた
とても美味しかった
ところで
人間はどうだろう

私たち団塊の世代が戦後これからの日本のためにと
なりふり構わず頑張ってきた
こんな苦労は子供や子孫に引き継がせたくないと
温室のように
水や肥料、酸素や太陽の明かりを調節し
ベストの成長を試みた
除草剤をまき、殺虫剤をかけ
形の良いものを作った
効果的な栄養剤まで与えた
更に
隣の人より金持ちになり

いい暮らしをするために
塾に通わせ
個人の部屋を与え
お手伝いをさせず
我が儘を許し
勉強のみに集中させせた
しかし彼等の将来は保証されなかった
彼等は突然狂人になり、反乱を起こし
自分勝手な振る舞いをしだした
親が悪い、社会が悪い、世界が悪いと
全て他人のせいにした

反乱を起こした子供に攻撃され、
もう親はなすすべがない
ＴＶもゲーム機もパソコンも携帯も
情報は全て彼等に乗っ取られた
莫大な産業は子供の欲求によって
支えられている
親はリストラを避けて薄給で
泣き泣きその会社に勤めている
やはり不自然なことをしてはならない
自然に生きるものは自然に育てたほうがよい
その年の気候によって

ブドウは左右される
出来不出来があってそれでよいのだ
気候を信じることが近道なのだ

冬囲い

春夏秋を駆け抜けた果樹、草花、草木……
今年の役目を一応終えた
厳しい冬が来て、四ヶ月は雪の中
雪の下で、やがて来る春の日を夢想する
じっくりと栄養を蓄え、休養する
来年はどのように自己実現するかを考える

寒がり屋は、暖かい網や菰《こも》を着せる

弱いものは、三本の添え木を当てる
ネズミに喰われるものは、金網を巻く
立ち疲れたものは、寝かせてやる
これぐらいの感謝はしなければならない

彼らは何も言わず内気であるが
それぞれ喜びや悲しみがあり
時には不満や怒りもあり
自ら命を縮める
私の家に来て良かったのか、悪かったのか

この地に根を下ろし
この地の栄養と水を吸い
この地の太陽を愛し
この地で光合成をくり返す
そして私の家族になる

あれから幾年経っただろうか
先輩や後輩もいた
枝や幹の様子が変わり
活躍したもの、未だ期待に応えられなかったもの
去っていったもの、それぞれだ

それが運命だったのか
それで良かったのか
当事者にしか
分からないことだ

公園

晴れの日
子どもたちが群れ遊ぶ
ブランコ、滑り台、ターザン
老人は仕方なく犬コロと散歩する
ベンチの大人はみんな付き合いだ
若者は嬉しそうに恋を囁く
中年は体型を取り戻すため必死に競歩する
・・・
ことな（大人でも子どもでもない）は

所かまわず自転車を乗りまわす

雨の日
犬を溺愛している人は犬と散歩する
遊具が淋しそうに佇んでいる
草木が勢いを増している
傘をさして登下校の子どもが通る
ぼんやりとガーデンライトがつく
ぼやけた記憶のモンマルトルの丘だ
そこに売れない絵描きがいるかもしれない
足下の水たまりを避けてみた

ミミズは苦しくて地中から這い出してきた

雪の日
歩くスキーの道筋をつける
この道はどこまで続くのか
他人の道筋を少し矯正する
それに沿って歩くのはつらい
リングに終わりはない
小高い山に登り、滑走する
小さな少年になったようだ
できたらジャンプしてみたい

雪だるまになるには歳を取りすぎている
そのリングを回り続ける
解剖用ラットのように
その方が似合っているのだ

曇りの日
視界が暗い
心が沈む
何かが起こりそうだ
捻挫だ、よそ見をして滑って転んだ
だから言ったじゃないか

無理をして遊びに行くから
ちゃんと勉強していればいいのに
後悔先に立たず
反省

風の日
金色の病葉《わくらば》が舞う
夕日が沈む
やがて訪れる闇のあがき
片隅に病葉が堆積する
虫たちの冬眠のねぐらとなる

肥料となる
管理人は必死に清掃する
大きなお世話だ
持ちつ持たれつなのに
人間はどこまで関わるべきか
答えが出てこない

夜の公園
バンバン、ドカンドカン、シュシュ、バラバラ
火遊び・花火だ
笑い声

うるさい
何者だ、こんな夜中に
ことなの集会だ
行き場がないのか、寂しいのか
パトカーのサイレン
「ウオッ、逃げろ」
走り回る足音
かわいそうに

爆音

ドドーン、ドドドーン、バチバチバチ……
日曜日だというのに自衛隊の演習が始まる
バラバラバラ、パタパタパタ、……
三機四機、二機五機とヘリが続く
一体どこを、何を想定しているのだ
あれから七十数年経った太平、平和のしじまに
人を驚かして、多額の税金を無駄遣いして
再び乾いた爆音が繰り返される

ゴルフ中の動揺
失敗したじゃないか
ＯＢはコリゴリだよ
集中できないじゃないか
周囲のことを気にしたら
上手にならないのではないか
平和の中でプレーすることなんて
そもそもあり得ないことではないのか
アフガンでもイスラエルでもグルジアでも
毎日テロや戦いでたくさん死んでいるのだから
アフリカの国々やインドでも餓死しているのだから

追跡

ウーウーウーウー、ピポッピポッピポッ
ウーウーウーウー、ピポッピポッピポッ
「止まりなさい、止まりなさい」
「左に寄りなさい、左に寄りなさい」
ああ、また捕まったか
いいか、振り向かないでゆっくり降りて、
一人ずつ歩道を急ぎ足で真っ直ぐ
他人事のように行ってしまうのだぞ

バイクの三人乗りは厳しい罰金だからな
「今三人乗りをしていましたね」
パトカーが止まり、年配のほうの警察官が言った
いえ、していませんけど（少しとぼけて）
夕暮れだし、距離もあったのでたまたま通行人と
重なって見えたんではないですか
だって、三人なんか今ここにいませんよ
きょとんとした顔で二人は顔を見合わせた
若いほうの警察官が、威厳を持った声で
「免許証を出しなさい。きみ、職業は？」
はい、学生です

「どこの？」
教育大です
「おまえ、先生になるんだろ？
正直にならんと、いい先生にはならんぞ……
もういいわぁ、行け」
捨て台詞を言って、パトカーは遠ざかった
私たちはすぐに合流して
思いっきり笑った
しかしそれぞれ、心の中では
〝いい先生になろう〟
と誓ったに違いない

雪が積もる前に

冬支度をしなければならない
冬用の着物を出す
雪かき道具を揃える
家の周りを片付ける
除雪機を点検する
「冬が来る前に」「雪の降る町を」「白い冬」
等の歌を聴く
少しでも「雪」の感動を呼び起こす

永い「雪との生活」を豊かにするために
身体も心も「雪」に慣らす
運動不足をどうやって克服するか
フィットネスクラブにでも行ってくるか
怠惰な精神と心をどうやって防ぐか
家にこもって、ＴＶ、ＣＤ、ＤＶＤ、読書にふけるか
オホーツク海まで行って、
氷下魚《こまい》やチカでも釣ってくるか
日本海まで行って、
カジカやアイナメを釣ってくるか
息子や娘にかこつけて、

ロスアンジェルスや神戸に遊びに行ってくるか
思いつきは多い
実現は何分の一か

ところで、ＡＳＯ総理が突然二兆円で
定額給付金を全国民に配るという
奇異な政策、国民は驚いて
棚からぼた餅か？
くすくす笑い転げている

冬が来る前に

もう一度確認しなければならない

ウッドデッキ

ウッドデッキを一部改築した
この十五年間、誰よりも駆使したから
野菜取り・花の水やり・畑仕事・芝生への道、
洗濯物干し、魚干し、台所、
図書室、食堂、喫茶店、応接室、居酒屋、
夕涼み、日光浴、バードウオッチング……
私たちを人間らしくしてくれた
ウッドデッキは私たちの宝

春風のさわやかな土の香り
木漏れ日のまぶしさ
風わたるオゾンの乱舞
パラソルは彼の友達
仰げば群青に白い月
早朝のラジオ体操
遠くで流れる盆歌
ハンモックは幼き日のゆりかご
ベンチは、顎を支え、腕を組むロダン
「プラネタリウム」は、夜のダイヤモンド
木々の梢にさしかかる満月

気がつけば蚊の襲来
トンボの散歩道
サラサラ語る笹の囁き
幾何学的模様の蜘蛛の糸
優雅な雉《きじ》の舞
鳶や小鳥たちの早口のおしゃべり
闇深き虫の声
風にそよぐススキの挨拶
空高き絹雲のサイケデリック
綿雪をかぶったクリスマスツリー
イット　ウァズ　カバード　ウイズ　マッチ　スノウ。

(It was covered with much snow.)
凍てついた四ヶ月の沈黙
今年はコートを着せよう
季節は、ウッドデッキを巡る
また十五年、彼と夢を共にする

Ⅵ 軌跡

睡魔

意識の外からそっとやってくる
ボーッとしたような、心地よさが
後頭葉に働きかける
目は開いているのに焦点が定まらず
視神経に届いているのに
脳には届かない
不可思議なものだ
一体おまえは誰だ

俺に近づくのはやめてくれ
お願いだ
もう少し俺をそっとしておいてくれ
心地がいいからといって
三途の川を越えさすのはよしてくれ
未だ厳しくてもこの世に
未練はあるのだよ
それにしても父はこのわたしの年に
その川を渡ってしまった
欲張りはいけないいか
年貢の納め時はいつだか分からない

教えてくれるのは
誰なんだ、おまえなのか
さて、いつまで生きてもしょうがないか
まあ、待ってくれ
もう少し死に場所を探させてくれ
悪いようにはせんからな
それにしてもこの睡魔のような誘いは
何なんだ
歳月を飛び越えて
未来に来たけれど、
あまり棲み心地のいいものではないな

この羽が邪魔らしい
この羽のバランスが良くないらしい
いっそ羽を切り取ってしまおうか

「柿の種」
未だ勇気が足りないな
せめて綺麗なカゲロウになる前に
一刻《いっとき》は蟻地獄の生活をしてみてはどうか
すり鉢の底からそっと、
この世を観察してみてはどうか
新しいアイディアが転がってくるかも

買い物

今日のおかずは何か
スーパーマーケットを回る
いろいろあるなあ、食べ物は
考えもしないで物色する
何もかも脈絡もなく買いすぎる
しかも数日前と同じ物
頭にインプットされた食べ物の種類は
意外と少ないことに気がつく

食べたことがないものは買わない
新しい食べ物に挑戦するのは怖い
情けない、意気地がない、年を取ったなあ
マンネリズムだ
狭い味覚しか持ち合わせていない
だから狭い人格しか身につかない
再び情けない
生命《いのち》の材料は、これでいいのか
短命な遺伝を踏襲していいのか
もう一度考えてみる
味覚は幼児の頃に決まるという

貧乏と食糧難の時代だった
飽食の時代になっても、同じ物を求める
高血圧、糖尿病や生活習慣病になっても
塩分や糖分を摂りすぎる
一千万人もの患者の半分は
治療を怠っているという
サイレントキラーが忍び寄っているのに
味の濃さで美味しさを感じる
短命の材料を買い続ける
私はそういう人には、なりたくない

就職難

働かない人が増えている
働けない人も増えている
就業の場がないという
政治が悪いのは当たり前だ
産業構造のバランスを崩したからだ
それにしても、自分の生き方を考えないで
働かない人は、間違っている
貧しくて葬式も出せずにいる人もいる

どんな仕事でも、いやな仕事でも
人は生きるために働かなければならない
団塊の世代は、どんな仕事もしてきた
今も、マイナス二十度の路上で、
鼻水垂らして、眉毛を白く凍らせ
交通整理をしている人もいるではないか
何でも他人のせいにして、自己弁護をし
ウダウダ屁理屈を言うことはない
殺人、強盗、強姦、振り込み詐欺……
他人を欺いて他人の褌《ふんどし》で相撲を取る
女やギャンブルに遊びこける

こんなやつは許せない
やる気になれば、どんな仕事でもできるはずだ
自殺することもない、餓死することもない
生まれたからには自分の使命があるはずだ
子育てや精神的支柱はどこへ行ったのか
「人がしてはならないこと」を
誰が教えてこなかったのか
家庭教育か、幼児教育か、義務教育か、高等教育か
日本社会の「六法」は誰が教えなかったのか
誰の責任なんだ
本気なら「こんな社会」は改革できるはずだ

政府は何に「手をこまねいて」いるんだ
もう待てないんだよ
人員削減や倒産が激増しているのに
国民にわずかばかりの「お金」をばらまくなんて
本当の政策はどこへ行ったんだ
みんな自分で乗り越えろ
みんな懐かしい故郷へ帰れ
みんなわずかな田畑を耕せ
みんな本気で汗水垂らせ
みんな自分の足元を見よ
みんな人生の原点にかえれ

みんな砂上のまちを離れろ
そうすれば
きっとほどほどの夢はかなえられる

紋別港

ペンキがはげて古びたロシア船が何隻も停泊していた
それぞれの船の国旗は古びて千切れそうだった
早朝の北東風が頬を刺す
チカは入れ食い状態になり
鯉のぼり漁になる
取り外しに忙しい
巡視船はそっと出航した
ロシア人は二人三人、四人五人と

次々と下船してくる
大きな犬がそれぞれの船で吠えている
釣り人はロシア語が分からない
ロシアの漁師は日本語が分からない
アジン（1）、ドゥヴァ（2）、トゥリ（3）、ダーチャ（菜園付セカンドハウス）、ダワイ（呼びかけ）、ハラッショー（素敵な）、スパシーバ（ありがとう）
何を言っているのかまったく理解できない
船の中に無造作にタラバガニが積んであった
活きが下がりそう
背の高い若い、いい男からじいさんまで様々だ
大きなカワガレイが捨て竿の竿の先を揺すった

ドキッ
港は比較的落ちつき波はない
春夏秋冬、様々な魚種を寄せてくる
様々なドラマが行き交った
車が飛び込んで死者が出た
酔っぱらった漁師とのもめ事もあった
密漁者もあった
楽しい釣り日和もあった
友達、先輩、後輩、家族と驚き合った
魚の大群が来て興奮した
港はいつもサプライズだ

ワクワク、ドキドキする「たからもの」
どれだけ多くの釣り人の「こころ」を救ったことか
紋別港に感謝、スパシーバ

サハリン（樺太）紀行

ここは終戦まで父母の青春、盛年時代のまち
コルサコフは漁港、貿易港、軍港だ
港湾で中年の男女が泳いでいる
ユジノサハリンスクからバスで
ルタカ川の橋をいくつか渡ってホルムスクに向かう
途中、日露の戦い（一九〇四〜〇五）のあったクマザサ峠にさしかかる
日本の方向に向けた大砲が置いてある
近くの墓には大きなリースの花束が置かれている

古びた王子製紙跡で日本人の気配を感じる
「銀河鉄道の夜」の宮沢賢治をしのぶ
「空と海の青さ」に北原白秋をしのぶ
「超貧乏と苦悩」で小熊秀雄をしのぶ
「自然の豊かさ」に父母《ちちはは》の邂逅《かいこう》をしのぶ
パープル色のヤナギランの群落を見つける
「夏草や強者どもが夢の跡」だった
食堂では、無造作に揚げた魚の量に驚いた
入り口で売っているぬるいビールには閉口
かつての日本軍の統合本部、博物館には心動く
北緯五十度のシスカ「国境の石」があった

逞しい老婆がホコリたつ国道縁で野菜を売る
キリスト正教会を訪ねる
出口のところで、老婆に何ルーブルかを寄付する
フリーマーケットで安い衣類や
ベリーや野生のキノコ、山菜を売る人々
日本の昭和三十年代の貧しさが蘇る
ミニスカート、ハイヒールの美人が
藪中のダーチャから砂利道を伝って
国道のバス停へぞろぞろ出てくる
私は心ときめく、しかし彼女たちは無表情だ
チェーホフ文学館を訪ねる

愛嬌のある美人司書が案内してくれる
「桜の園」が急に現れたようだ
ドリンスクの浜辺、小さな島で
アザラシやトドが叫び声を上げている
目の前でマスの密漁を警察官が取り締まり
魚網を没収し年配の二、三人を連行する
その横で巨大なオッパイがはち切れそうな
逞しい女性たちが水着で泳いでいる
私たちの前を少年少女が嬉しそうに横切る
私たちは観光客だ
ゆっくりとした時間の中に

ロシアの自然の豊かさと人々のアンバランスを見た
遠くで「カチューシャ」の歌が聞こえる
ラースツヴィ ターリ ヤーブラニ イ グルーシー
パープリー リートゥ マーニ　ナドリッ コーイ
ヴィーハー ギーラ ナービリッカ チューシャ
ナーヴィ ソーキー ビェーリク ナ クルッ トーイ……

転落

青少年よ
なぜにそんなに悲しいんだ
なぜにそんなに空しいのか
この世がそんなに住みにくいのか
縫い針を入れた給食のパン
校内で噴射する消火器
学校のガラス割り
少年少女の深夜徘徊

インターネットによるイジメ、リンチ
出会い系サイトの売春
窃盗、殺人、自殺、集団暴行、レイプ、大麻吸引、放火
こんなことがそんなにおもしろいのか
無免許で人をひき殺すのも平気か
一体何が悪いんだ、どうしてほしいんだ
何をしても自由なのか
将来も、夢も、希望も何もいらないのか
刹那だけ、良ければいいのか
オレオレ詐欺で、金だけ儲ければいいのか
今だけ、性欲を満足させればいいのか

刹那的に、逃げ切れればいいのか
良いと思って創ってきた社会
戦後から、汗水垂らして死にものぐるいで
働いてきたことが悪かったのか
子どもにはこんなにも苦労をさせたくない
と思ったことは間違いだったのか
どうしてエゴイストばかりが増えたんだ
どうして親子の関係も、男女の関係も
こんなにもドライになったのだ
あの貧しくも、正義感があった、
温かい家庭はどこへ行ったのだ

「愛」はどこにもなくなった
青少年のまねをして
常識的な大人までが常識を持たなくなった
メディアはまったく青少年に乗っ取られてしまった
かろうじて「法律」だけが空虚に横たわっている
どうして「法律」教育を徹底しないのだ
この転落を誰がくい止めるのか
政治家の仕事か？
それとも国民の選挙権か？
永い時間をかける道徳教育か？

パチンコ

悔しい、消沈ー、くそー
ズルズルと正体をなくし、深みにはまる
嬉しい、ジャラジャラ……
宝くじに当たったのか
あれも買おう、これも買おう
皆に自慢話をしよう
いずれにしても再び出かけよう
この心臓の高鳴りはなんだ

日常はドキドキしない
「A悔しさ＋B嬉しさ＝Cパチンコの回数」
この方程式を解くと
B＝C－Aとなり
Bは常にマイナスの泥沼の世界
這い上がるのは困難
コンピュータが制御しているからだ
また負の世界からの出発だからだ
それにしても麻薬みたいに溺れそうだ

フィットネス

ハッと驚く
すでにくたびれたブヨブヨの肉を
抱いて途方に暮れる
ストレッチ、……ウオーキングまで
汗が滴り視界がぼやけ、めまいがする
目を上げれば老若男女が必死のトライ
筋肉は悲鳴を上げ、きしむ
高血圧、メタボリック、

サイレントキラーが内臓を埋めつくす
後悔先に立たず
応急措置に頼る
身体を酷使した報い
命無き車だって
車検、点検、修理、洗車、ワックスと
可愛がられれば長持ちし、輝く
もう少し黄色い太陽が昇るまで
この世で輝きたい

HONESTY

It's hasn't already been the present age.
There were no those words today.
But, 'honesty' word need for us this era.
Everyone always tells a lie to everyone.
Everyone always tells a lie for yourselves.
That's some questions.
What's the youth ?
What's the old person ?
Can you believe everyone & everything ?
I cannot believe everything.
But I have to believe everything.
Because I can't alive for now.
Where has gone the word 'Honesty' ?
Where has gone the word 'Truth' ?
I'm looking for the words.
These are only in yourself.

沖縄

明治の初めまでは琉球と言った
思ったより寒い、寒気は三日ごとに来るらしい
那覇は元気な商業都市だ
ほとんどの家に悪魔よけのシーサーがあった
沖縄には相当数の悪魔がいたらしい
昔、本土との戦いや台湾との戦いがあった
首里城の遺跡がその証拠を示している
アメリカに占領されたり、集団自決もあった

治外法権の歴史をもっている
戦後、密貿易で多くの沖縄人を救った
ナツコという「女王」が偲ばれる
空からは、美しいコバルトブルーの海
珊瑚礁の浜辺、かわいい島々
超巨大盆栽の椰子、ソテツ、マンゴーの木々
沖縄博の跡に世界一の美ら海水族館
マンタもジンベイザメも迫力だ
至る所で沖縄三線の軽快な音色が流れる
サトウキビ畑があった
「ザワワ、ザワワ、ザワワ……」と風に聴こえた

方言が少し分からなかった
遠く離れた北海道より見つめ返してみた
恩納村《おんなそん》、大宜味村《おおぎみそん》、読谷村《よみたんそん》、国頭村《くにがみそん》……
不思議な発音の地名
不思議な形のコンクリートの墓もあった
友人は「先祖の家」だという
屋根があり、くつろぐ居間もあった
みんな海を見つめている
ここは日本で最も長生きのエリアに違いない
秘訣は食べ物で、魚と昆布と豚肉だそうだ
ゴーヤチャンプルー、ラフテー、シークワーサー、

気候も良いらしいが
小高い丘に巨大な受信用アンテナがいくつもあった
宇宙飛行士との交信をする所だという
那覇空港は蘭の花で充ち満ちていた
ハイビスカス、ブーゲンビリア、シマアザミ……
強風、絶壁の万座毛海岸にも咲いていた
それにしてもタクシーの運転手は皆親切だった
悲しい歴史と確執「沖縄のイメージ」は
表向きは感じない
何しろ冬にゴルフで遊びに行ったのだから

大雪山

誰よりも早く天気予報をする
今日は雨かな、それとも雪になるかな
いや天気かな、また曇りかな
気温の具合はどうかな、風はどの程度かな
二二九〇メートルの所から
下界を見て人間の関心事を伝える
厳しいが、人間の願望は聞いていられない
感じたままを伝える

いつも軋轢《あつれき》が絶えない
人間が無断でやって来て、様々なことをしていく
団体で来て植物を荒らし、動物を虐待する

春
堅雪の上を、登山に来る
自然の厳しさを侮っている
雪崩があり、吹雪があって人間はたくさん死んだ
山菜や植物を採集する
冬眠ぼけの熊も捕る
カバノアナタケも採る

夏
下界から一足遅れて、高山植物が咲き乱れる
チングルマ、シャクナゲ、ワタスゲ、エゾキスゲ、エゾカンゾウ、
キンポウゲ、エゾミヤマツガザクラ、リンドウ、コケモモ……
人間はカメラを持って、所かまわず走り回る
中にはそっと失敬する者もいる
そのたびに心が痛む

秋
辺り一面が紅葉になる

赤いイタヤカエデ、ウルシ、ナナカマド、黄色いカバやハンノキ
茶色の枯れ葉や緑が残るエゾマツ、トドマツ
いろいろな顔を持つセンノキ、ニレノキ、シコロ、エンジュ……
キノコの群落、コクワやヤマブドウ、マタタビ、ヤマナシの実
山はあらゆるものの宝庫だ

冬
人間の都合のいいように木を切り地形を変える
スキーやスノーボードで滑りまくる
いかにも人間が山を征服したかのようだ
そのしっぺ返しがやがてくることも知らないで

時々は、神々しいオプタテシケ山※の方に向かって
大雪山《カムイミンタラ》をよろしくと
アイヌの人とともに祈るべきである

※オプタテシケ山…北海道美瑛町と新得町の境界に位置し、標高二、〇一三mの山。アイヌの人々は昔、神の山として崇めた。

渓流

心地よい清らかな調べ
透き通る水脈
オゾンの宝庫
木々の語らい
ここは別乾坤《べつけんこん》だ
何百回見つめ歩いたろう
青葉が目にしみる
陽光が木々を刺す

光と陰のコントラスト
歩き疲れて腰を下ろす倒木の上
自然の恵み、果てしない
たんたんと水量を蓄え
上流から下流へ分配する
あらゆる生き物に命を与える
枯れ葉が自ら地上に降り立ち
透き通った林を映し出す
渓流はさらに地下に潜り
命の再生へと姿を変える
まるで忍者のようだ

自らの命はすでに捨てている
何十億年という月日の頂点だ
発生も絶滅も繰り返した
朝に生まれ夕べに死すもの
何百、何千年も生きるもの
どちらがよいか分からない
それぞれ意味深な理由はある
とうとうと姿を変えながら流れる
美しい渓流こそ永遠の命だ

あとがき

少年の頃、詩や短歌などを読んで感動したことがある。瞬時に頭に浮かぶ詩人、歌人は、室生犀星、島崎藤村、石川啄木、松尾芭蕉、与謝野晶子、高村光太郎、萩原朔太郎、若山牧水、北原白秋、三好達治、草野心平、与謝蕪村、ジョン・キーツである。

私は、彼らの詩の断片を時々心に浮かべ、夢や希望、挫折や躓《つまず》きに寄り添ってきたと思う。

五十年ほど前、教育大学の学生だった頃、旭川市常磐公園内に旭川の詩人小熊秀雄の詩碑が壺井繁治の揮毫によって建立された。すかさず私は詩碑との記念写真を撮りにいった。

無題

こゝに理想の煉瓦を積み
こゝに自由のせきを切り
こゝに生命の畦をつくる
つかれて寝汗掻くまでに
夢の中でも耕さん

（旭川市常磐公園内、小熊秀雄詩碑より）

これは彼の詩無題（遺稿）の中で、かなり長い詩の中ほどの断片で、うまく切り取った部分である。以来、この詩のフレーズが脳裏に焼き付いている。

私の心にはいつも「詩」があった。時々書き留めたものもあったが、教員生活の定年が近くなってから詩情が一気に溢れ出した。それが、「流転……自然に帰れ」の基になっている。もちろんこの詩集も生活の中のほんの断片ではあるが。

終わりになりますが、文芸社出版企画部の横山氏と編集部の高島氏には出版に漕ぎ着けるまでお世話いただき、深く感謝を申し上げたい。

二〇一九年九月

著者

〈本文中引用〉

Ｐ56、60『銀のしずく　知里幸恵遺稿』知里幸恵著　草風館　一九七三年
Ｐ78『啄木全集　第一巻　歌集』筑摩書房　一九七三年

著者プロフィール

池田 忠義（いけだ ただよし）

1947年北海道生まれ
北海道教育大学卒業
中学校教諭（英語）20年
小中学校管理職13年
退職後、中学校初任者指導教諭４年
趣味：釣り、ゴルフ、読書
現在：旭川東光幼稚園園長

流転…自然に帰れ

2019年９月15日　初版第１刷発行

著　者　池田 忠義
発行者　瓜谷 綱延
発行所　株式会社文芸社
〒160-0022 東京都新宿区新宿1－10－1
電話 03-5369-3060（代表）
03-5369-2299（販売）

印刷所　株式会社フクイン

ISBN978-4-286-20839-8　JASRAC 出 1906270-901